DES

Réformes Nécessaires

PAR

ROGER BALLU

Conseiller d'arrondissement du Canton du Raincy,

Président de la Délégation cantonale.

<hr>

PARIS

IMPRIMERIE ET LIBRAIRIE CENTRALES DES CHEMINS DE FER

IMPRIMERIE CHAIX

SOCIÉTÉ ANONYME AU CAPITAL DE SIX MILLIONS

Rue Bergère, 20

1886

DES

Réformes Nécessaires

PAR

ROGER BALLU

Conseiller d'arrondissement du Canton du Raincy,

Président de la Délégation cantonale.

PARIS

IMPRIMERIE ET LIBRAIRIE CENTRALES DES CHEMINS DE FER

IMPRIMERIE CHAIX

SOCIÉTÉ ANONYME AU CAPITAL DE SIX MILLIONS

Rue Bergère, 20

1886

A mes Concitoyens

Qui veulent la prospérité du Canton dans la prospérité de la République,

Je dédie ces pages.

ROGER BALLU

PRÉFACE AU LECTEUR

Mœurs électorales et politiques.

Mon cher Concitoyen,

En tête des réformes sur lesquelles cette petite brochure va appeler votre attention, il en est une qui ne peut pas être réglementée par une loi, ni imposée par la force publique, qui n'entraînerait aucune dépense, qui n'entamerait aucun budget, qui ne dépend enfin d'aucune administration : ce qui donne à penser enfin qu'elle peut être acccomplie quand l'on voudra.

Je vous demande grâce pour elle.

C'est nous individus, nous citoyens, et nous seuls qui pouvons la réaliser, étant toute morale, dans la double signification du mot; elle ne doit être promulguée que par notre conscience.

Il s'agit de calmer ces animosités furieuses que font naître, en politique, les diversités d'opinions.

Entre deux personnes qui s'entretiennent sur cette matière, neuf fois sur dix la discussion tourne en dispute, la contradiction aboutit à une querelle, des apprécations différentes font surgir les gros mots.

« X..., c'est un misérable, un saltimbanque, une canaille ! » s'écriera X..., qui est d'un parti contraire.

Ah ! ce mot « canaille », que de fois il revient aux lèvres dans les discussions politiques ! Quel abus n'en fait-on pas ? Mais s'il était mérité autant de fois qu'il est prononcé, où en serions-nous, en vérité ? Où seraient les honnêtes gens ?

« Tiens, vous lisez ce journal-là ? Il me dégoûte. C'est un sale journal ; il soutient tel programme, » dit avec colère l'adversaire de l'opinion politique suivie par la feuille si vertement jugée.

Et alors, le talent du rédacteur, la valeur littéraire du journal, de même que la probité de l'homme privé chez l'homme politique, tout cela ne compte plus, on en fait fi. Ces choses respectables disparaissent dans ce besoin qu'on a de jeter l'opprobre sur tous ceux qui ne partagent pas votre individuelle façon de voir.

Les violences s'exagèrent encore aux époques de période électorale. Tout candidat adverse est un ennemi : à entendre comme on le traite, il semble qu'il ait tué père et mère ; à voir comme on l'accueille, on jurerait qu'il vous a offensé mortellement dans votre honneur. On se précipite sur sa personnalité, on fouille son passé, on le piétine, on le déchire, on le dissèque.

Et si dans tout ce remuement d'anciennes histoires, au cours de cette perquisition jamais impartiale, on découvre une calomnie malpropre, enfouie sous le mépris depuis longtemps déjà, on la retire du tas de boue sous lequel elle gisait, et, ma foi ! l'on s'en sert. On n'ignore pas que l'arme est mauvaise ; si cependant elle pouvait

porter un bon coup? Bah! on ramasse cette calomnie, et l'on en fait une question à adresser au
candidat dans une réunion publique.

Histoire de lui donner une occasion de se dis
culper, dit-on hypocritement.

Cela est-il vrai? voyons ; je m'adresse aux honnêtes gens de tous les partis. Oui, n'est-ce pas?
Eh bien! cela est lamentable.

Les réunions publiques ! à quels excès de langage n'y arrive-t-on pas sans qu'on s'en doute?
Dans le feu de la discussion, dans le choc des interpellations qui se croisent à travers les interruptions vociférantes, persistantes, la fièvre atteint
parfois le délire ; on n'a plus notion des mots, on
perd le sens des expressions. C'est là, j'imagine,
où la langue française montre la richesse de son
vocabulaire et l'étendue de son répertoire.

Notez que parfois les concurrents sont loyaux,
pleins d'égards les uns pour les autres, mais ils
sont poussés par leurs partisans plus acharnés
qu'eux-mêmes.

On a vu des candidats descendre de la tribune,
et la séance levée, se serrer la main : cependant
l'assistance restait divisée, chargée de haines.

A la brasserie, au café, après la réunion, on se
regardait de droite et de gauche, d'un air farouche,
on se roulait des yeux torves ; on ne se pardonnait pas d'avoir applaudi l'autre. « Communard ! »
murmurait celui-ci. « Réactionnaire, eh ! va
donc ! » sifflait dans ses dents celui-là.

Certes, il faut aimer, honorer les convictions.
Jamais, pour ma part, je ne les trouverai trop
sincères ou même trop ardentes.

Mais, si cette ardeur qu'on met à défendre les
siennes est bonne, louable, légitime, la frénésie

à laquelle on cède pour attaquer celles d'autrui est mauvaise et néfaste. Car elle autorise les réparties, elle nécessite les ripostes plus véhémentes, elle commande les surenchères d'injures.

Aucun parti ne gagne à ces intolérances, et la dignité du citoyen y perd.

La liberté d'aimer une politique, d'y croire, de la servir, est chose sacrée ; mais pour que tous la conservent, il faut que chacun jouisse pleinement de cette chose non moins précieuse : LE RESPECT.

Calmons donc nos haines, nos violences, nos excès de langage. Regardons-nous en face, comme des hommes qui ont au cœur la conviction du bien que peut faire à la patrie la mise en pratique de leurs idées.

Des élections au Conseil général vont avoir lieu.

Celui qui signe ces quelques pages va, comme candidat, descendre dans l'arène.

Qui que vous soyez, qui me lisez, mon cher concitoyen, vous qui peut-être, dans quelques jours, du haut de la tribune, attaquerez mes opinions en matière administrative, discuterez cet ensemble de convictions qui constituent ma foi politique, je vous préviens que j'userai de retour, que je vous combattrai à outrance, mais loyalement, respectant votre personnalité d'homme et de citoyen.

Je ne vous traiterai pas d'orléaniste surtout...

Serrons-nous la main avant la lutte et après, quand nous nous rencontrerons, nous nous la serrerons encore.

ROGER BALLU.

DES
RÉFORMES NÉCESSAIRES

Un hôpital cantonal.

Il faut avouer que, nous tous tant que nous sommes dans notre beau pays de France, nous ressemblons parfois à des peureux, que des formes étranges, rendues fantastiques par la nuit, épouvantent; qui tressaillent au craquement d'une boiserie, convaincus qu'il y a des voleurs dans la maison. Ils se jurent bien alors de faire tripler les serrures, dès le lendemain matin. Le jour venu, la confiance renaît, et ils ne pensent plus à leurs terreurs passées.

Quand l'année dernière, l'épidémie cholérique sévissait sur le Midi d'une si effrayante manière, quand on s'attendait à voir le fléau gagner le centre de la France, on réclamait à grands cris un hôpital pour notre canton.

Tous rivalisaient de zèle dans leurs vœux platoniques : « Comprend-on, disaient les réformateurs, que nous n'ayons pas le moindre établissement pour les malades des habitants de notre canton du Raincy? En vérité, comment n'y a-t-on point pensé encore? Mais c'est de l'incurie, de l'absurdité... Oh ! soyez tranquilles, dorénavant ça ne va plus se passer ainsi... Il faudra qu'on s'en occupe, et tout de suite... vous verrez ! »

Et comme il ne fallait point songer à élever une construction définitive, comme le danger était là, qu'il y avait urgence à prendre des mesures promptes, chacun s'ingéniait dans la mesure du possible à parer aux inconvénients.

Un maire d'une de nos importantes communes alla demander au ministère de la guerre qu'on mît à sa disposition des tentes qu'il voulait transformer en ambulances ; l'idée était bonne, la pratique eût peut-être laissé à désirer ; mais il convenait de faire flèche de tout bois ; pris à l'improviste, il fallait bien se défendre.

« A l'avenir, on ne nous y reprendra plus, répétait-on, nous serons prêts. »

Eh bien ! le danger est passé, et avec lui les bonnes résolutions d'agir ; l'indifférence est revenue ; on se contente de vivre dans une attente pacifique, douce et béate.

Parlez au premier habitant venu de la nécessité de créer un hôpital cantonal. Il vous répondra : « Oh ! oui, vous avez raison, ce serait bien désirable en effet. »

Voilà tout.

Cependant il ne s'agit pas d'un péril imaginaire comme celui qui effraie ces peureux que j'ai pris comme comparaison au début de cet article.

Les épidémies ne doivent pas seulement nous préoccuper ; la maladie est un fait naturel, quotidien. C'est un intrus qui ne demande pas la permission d'entrer et qui peut s'installer chez nous à toute heure de nuit et de jour.

J'en appelle à nos excellents médecins du canton. Combien de malades passent de vie à trépas, qui se seraient guéris, s'ils avaient pu se trouver dans de meilleures conditions d'hygiène ! Tout le dévouement, tout le désintéressement de nos docteurs, ne peuvent rien la plupart du temps dans un logis malsain, solitaire ou trop habité, quand les soins de chaque instant font défaut.

Il existe bien un hôpital à Gonesse ; mais outre qu'il se trouve trop éloigné, il est constamment rempli ; et ne le serait-il pas, que l'administration répondrait ce qu'elle a déjà répondu :

« Charité bien ordonnée commence par soi-même ; j'ai mes malades, gardez les vôtres dans votre canton. »

Au Conseil d'arrondissement, je me suis occupé activement de la question. *Activement* est beau-coup dire, car ce n'est pas l'action qu'on nous laisse ou que nous sommes en droit de prendre, qui nous fatiguera beaucoup en vérité.

Tout le monde sait qu'à Pontoise nous ne for-mulons que des vœux. Hélas, combien chaque session n'en voit elle pas éclore qui resteront vœux toujours !

Pour qu'un vœu soit transmis au Conseil géné-ral, il faut naturellement qu'il ait été voté par la majorité.

Or, quand j'ai proposé un vœu en faveur de la création d'un hôpital pour le canton du Raincy, mes honorables collègues m'ont répondu : « Nous ne demandons pas mieux, mais pourquoi pour le canton du Raincy tout seul ? Ce n'est pas juste, réclamons des hôpitaux dans tous les cantons de l'arrondissement où il ne s'en trouve pas. »

On prévoit ce qu'il advint : le Conseil général

nous gratifia d'une belle formule de fin de non-recevoir ; il nous aspergea toutefois d'une petite secouette d'eau bénite de cour, en guise de consolation.

En somme, il ne pouvait faire autrement : les sommes nécessaires pour la création d'une série d'hôpitaux dans tout le département eussent été trop considérables pour le budget. Les fonds sont bas... chacun sait ça.

Alors quoi ? faut-il renoncer purement et simplement à cette revendication légitime, qui est, songez-y bien, un devoir social et un des plus hauts qui soit ?

Non, non, jamais ! donnons l'élan, montrons l'exemple, que l'initiative municipale monte à l'assaut des temporisations de l'administration supérieure !

Les conseillers municipaux ne devront pas se borner à émettre des vœux, je sais par expérience ce que valent les vœux. Mais, pourquoi ne voteraient-ils pas des crédits qui, additionnés et réunis, seraient pour le canton comme une mise de fonds éventuel ?

Je demande instamment à chacun des maires de nos dix communes de faire la proposition, et nous verrons si il y a parmi nous des citoyens qui ont le mépris du bien public.

Le jour des fêtes communales, on n'oubliera pas les grands projets en vue : ceux qui vont s'amuser peuvent bien penser à ceux qui souffrent ; on organisera des souscriptions à la mairie, des quêteurs se promèneront sur la place. Pourquoi n'établirait-on pas tout de suite des troncs chez les débitants de vin et de tabac ?

Nous avons eu l'*OEuvre du sou des écoles laïques ;*

commençons maintenant l'*OEuvre de l'hôpital cantonal*, et je suis bien convaincu que le très aimable propriétaire du casino du Raincy, M. Kneubulher, prêterait bien volontiers sa grande salle de théâtre pour une représentation donnée par des artistes parisiens au profit de l'entreprise nouvelle.

Il est à présumer qu'on trouvera, au cours de cette campagne, un propriétaire qui, entraîné par le mouvement unanime, cédera à très bon compte le terrain nécessaire.

Alors, quand on aura l'emplacement, lorsqu'on aura réuni une somme ronde, il faudra bien que l'Etat ainsi que le Département se décident à témoigner de leur sollicitude et à parfaire la somme.

La solution pratique n'est que là et non ailleurs. L'opinion publique peut exercer des pressions auxquelles rien ne résiste, mais il est indispensable qu'elle le veuille.

Car il n'est pas probable que nous nous réveillions un beau matin et que nous voyions, tout construit, tout agencé, l'hôpital cantonal du Raincy.

Le temps des miracles est passé, et dans l'espèce, en vérité, c'est bien dommage.

(Ces lignes ont paru dans l'Echo du Raincy, le 6 décembre 1885. Je constate avec plaisir que mon appel a été entendu par M. le maire de Neuilly-sur-Marne, qui, il y a quelques mois, a essayé auprès des municipalités du canton, de décider un mouvement d'opinion en faveur de la création d'un hospice cantonal. Qu'il me soit permis de l'en remercier ici.)

Le service de la Poste et du Télégraphe.

I.

Quand on demande des réformes, on signale des imperfections, des abus, des négligences, parfois même des scandales, et naturellement on incrimine ou on blâme.

Aujourd'hui, c'est au ministère des Postes et Télégraphes que je veux m'en prendre ; toutefois, j'userai de réserve pour ne pas paraître céder à cet esprit de parti pris injuste et passionné, qui enlève à celui qui formule des plaintes tout crédit, et aux réclamations toute valeur.

Le service des Postes est, j'imagine, de tous nos services publics, le plus délicat, le plus minutieux, celui ou le moindre défaut d'ordre peut avoir les conséquences les plus graves. Etant donnée la multiplicité des intérêts particuliers, satisfaire à tous, sans exception, constitue une difficulté très réelle, et je me plais à reconnaître que l'administration française — surtout si on la compare à celle de certains pays étrangers — ne fait pas de mauvaise besogne, quant à la remise fidèle des correspondances.

Mais qui dit fidélité ne dit point exactitude. Ce n'est pas tout qu'une lettre parvienne à son adresse, il faut qu'elle arrive en temps utile : égarée ou remise trop tard, bien souvent le tort est le même pour le destinataire.

C'est à ce point de vue que je me place pour demander avec insistance, au ministère des Postes et Télégraphes, des réformes urgentes qui fassent cesser l'état de choses dont souffre la majeure partie de notre canton.

Nous sommes à quelques kilomètres de la capitale, et nous avons en main nos correspondances plus tard que si nous habitions les confins du territoire: Est-ce logique, est-ce légitime?

Il n'y a point ici de considération à faire valoir, les faits parlent d'eux-mêmes et condamnent avec une éloquence accablante.

Je suppose qu'un Parisien mette le soir, vers cinq ou six heures, deux lettres à la poste, l'une pour le Raincy, l'autre, par exemple, pour Lyon.

Dans le premier cas, il y a quatorze kilomètres à parcourir, il y en a cinq cent douze dans le second. Vous croyez bonnement, n'est-il pas vrai, que le lendemain le Raincéen recevra sa lettre avant le Lyonnais? Eh bien, détrompez-vous — (je parle aux Parisiens, car nous autres, habitants du canton, nous avons la triste expérience), — le Lyonnais aura son courrier à sept heures et demie du matin, et le Raincéen sera heureux s'il peut le recevoir avant dix heures. Il est vrai de dire que l'un comme l'autre paie un affranchissement égal de 0 fr. 15 c.

Oh! égalité! oh! justice!

Notez que le préjudice paraîtra plus grand encore si l'on songe qu'il ne viendra jamais à l'idée d'un Parisien de donner à un Lyonnais un rendez-vous pour le lendemain matin à neuf heures, tandis que cette idée est toute naturelle dès qu'il s'agit d'un habitant d'une commune séparée de la capitale par un trajet d'une demi-heure.

Imagine-t-on les inconvénients graves qu'une

telle anomalie peut causer au commerce de tout genre, aux industries de toute sorte, aux affaires quotidiennes en un mot?

Puisque me voici en train de constater des phénomènes étranges, il faut que j'en dévoile un plus bizarre encore.

Il paraît que certains habitants du Raincy, qui ont dans leur propriété quelques mètres sur le territoire de Villemomble, se font adresser leurs lettres au bureau de cette localité, qui est limitrophe, qui est desservie par le même chemin de fer, à la même station, et ils reçoivent leur courrier à huit heures du matin (1).

Ils ont mille fois raison, vous le pensez comme moi ; mais que signifie cette chinoiserie administrative ?

Je parle du Raincy parce qu'il est chef-lieu de canton, parce qu'il devrait être favorisé, étant donnée sa proximité de la gare. Que dirais-je des autres communes, beaucoup plus malheureuses, naturellement, et qui jouissent d'un service de poste plus lent que si elles n'étaient pas en France.

Les relations avec Paris ne sont pas les seules qui doivent motiver des réclamations qui ne sont que trop justes.

Une sérieuse question à étudier est celle de la correspondance entre les communes. Nous entrons là dans le domaine de l'extravagance. Il faut une petite heure pour aller à pied de Gournay au Raincy, et en se promenant encore! La poste, à laquelle la promenade est interdite, ne demande

______

(1) Depuis que cet article a été écrit, l'Administration des Postes s'est décidée à organiser, pour le Raincy, une distribution plus matinale.

rien moins qu'un jour ; elle va faire un tour à Paris.

Allons, de plus fort en plus fort. Le télégraphe, n'est-ce pas? a été inventé et mis au monde pour supprimer les distances ; il va aussi vite que la pensée, plus vite même que celle de beaucoup de gens. Il est rapide comme l'éclair, dit-on. Oui, on a beau le dire, mais cela n'est pas vrai pour le canton.

Vous êtes à Montfermeil, vous n'avez pas vingt minutes pour gagner le Raincy en marchant. « Je vais envoyer une dépêche, » dites-vous.

Eh bien ! votre télégramme prendra le chemin de Paris, puis sera renvoyé au Raincy, à son tour... quand on aura le temps et l'occasion. Il n'arrivera guère plus tôt qu'une lettre. Pour vous consoler, vous aurez la satisfaction d'avoir payé cinq ou dix fois plus que le prix d'un timbre.

Je m'arrête à ces exemples qui sont suffisants pour démontrer les injures faites par la pratique administrative à la raison et au simple bon sens.

Mais le remède? dira-t-on.

Je répondrai d'abord que je ne suis pas ministre des Postes et Télégraphes, et la preuve en est que si je l'étais je n'écrirais pas ce que je viens d'écrire, et qu'à l'instar de mes prédécesseurs, je trouverais probablement que tout est pour le mieux dans le meilleur des mondes.

Le remède? Il consiste dans ceci : multiplier les facteurs, augmenter le nombre des courriers, créer des correspondances de commune à commune, et décharger l'énorme machine administrative qui halette à Paris et est essoufflée. Il convient de décentraliser le service des Postes, comme tant d'autres choses.

L'argent manque ! toujours la même objection, toujours ! Croit-on donner aux affaires une impulsion nouvelle en affamant un service public qui est la vie même des affaires?

Qu'on fasse des économies sur toute autre chose, cela est possible... allez ! mais qu'on augmente le budget des Postes. Cet argent-là sera bien placé.

Coûte que coûte, il faut que les contribuables — qui ont le droit de réclamer — reçoivent leur courrier en temps utile, en temps opportun.

Il est de toute utilité que la Poste devienne — ce qu'aucun parti ne lui reprochera — opportuniste.

Pardon de ce mot ; mais vous savez bien que je ne parle pas politique... dans cette brochure, du moins.

Le service de la Poste

II

Parmi les adhésions que j'ai la bonne fortune de rencontrer partout depuis que j'ai commencé cette campagne des réformes nécessaires, voici une lettre qu'il importe de publier.

Elle est signée d'un des habitants du canton les plus considérés qui soient et qui a, dans l'estime publique, la place que lui ont donnée ses lumières et son expérience.

Paris, le 12 décembre 1885.

Monsieur Roger Ballu.

Monsieur,

S'il est un terrain sur lequel l'unanimité des citoyens puisse se trouver en parfait accord, c'est assurément celui des réclamations légitimes à formuler et des réformes nécessaires à demander un peu partout, mais surtout dans le domaine des administrâââations. Puisque vous avez commencé de votre côté une campagne de ce genre et que vous êtes en ce moment au département des postes et télégraphes, permettez-moi de vous signaler une lacune qu'il lui sera bien facile de combler s'il veut seulement se donner la peine d'écouter et d'entendre.

A l'extérieur de la gare du Raincy se trouve accroché un récipient quelconque en métal ayant la prétention de représenter une boîte aux lettres, soit. Mais cette boîte est unique et reçoit dans son sein aussi bien la correspondance destinée à Paris que celle devant se diriger en sens opposé, à l'extrémité de la ligne; or, qu'arrive-t-il? C'est qu'ignorant absolument l'heure du passage des trains-poste, vous déposez une lettre pour Paris, croyant naïvement qu'ayant 13 kilomètres à franchir, elle arrivera rapidement à sa destination. Oh, que nenni et quelle erreur! le train descendant est passé et votre courrier prend la direction d'Avricourt pour revenir vers Paris, quand...? je l'ignore. Eh bien, si au lieu d'une seule boîte il y en avait *deux*, une pour les trains montants, l'autre pour les trains descendants, avec indication bien entendu, croyez-vous que la chose ne serait pas simplifiée et que les retards signalés continueraient à se produire? Quant à moi, je suis convaincu du contraire et j'ai presque honte d'avoir à indiquer un moyen aussi... naïf et peu coûteux.

Si vous partagez mon sentiment, faites-en ce que bon vous semblera.

Veuillez agréer, Monsieur, l'assurance de ma considération très distinguée.

D. TOURETTE.

Eh! oui, mon cher concitoyen, je le partage, votre sentiment : vous avez raison mille fois. Votre réclamation est des mieux fondées.

On dit parfois qu'il n'est pas facile de changer

d’habitudes : mais songez-donc, vouloir changer les habitudes d’une administration !... Quelle entreprise inouïe et surhumaine ! Nous sommes tous deux de grands audacieux. Je vous remercie d’avoir partagé ma témérité,

Et votre lettre me donne l’explication d’un fait, auquel je n’avais pas attaché d’importance.

La semaine dernière, après avoir écrit au casino du Raincy vers six heures et demie du soir une lettre pressée à destination de Paris :

« Mettez-vite cette lettre à la poste, dis-je, à un garçon qui passait.

— Oh, monsieur, me répondit-il avec un sourire, il est trop tôt encore !

— Comment trop tôt ?

— Oui. Si on jetait cette lettre à la boîte tout de suite, elle irait jusqu’à Avricourt et ne reviendrait que demain matin à Paris. Tandis qu’en la jetant à la boîte à 10 h. 1/2, elle sera arrivée ce soir même. »

Tout cela me parut si extraordinaire que j’ai cru de bonne foi à la naïveté du garçon : or de nous deux, c’était bien moi le plus naïf, qui ne pouvais croire à des pratiques aussi niaises, aussi enfantines, pratiques adoptées par le ministère, approuvées par l’usage, supportées en silence par le bon public.

Mettre une lettre à la boîte d’une gare plus tard, afin qu’elle arrive plus tôt, c’est le renversement de toute logique, c’est invraisemblable !

Qu’arrive-t-il aux personnes qui ne peuvent profiter de la complaisance des garçons du casino ?

Comme il n’y a pas de dépôt organisé, de boîtes d’attentes installées, elles ont la certitude que leurs missives vont dans l'Est, dans la direction précisément contraire à celle qui leur convenait.

Le système préconisé par l'honorable M. Tourette est excellent parce qu'il est très simple, et qu'avec un peu de bonne volonté il pourrait être réalisé demain, ce soir même.

On fait faire le tour du monde à certains vins pour les rendre meilleurs; mais il est complètement inutile de faire voyager les correspondances.

Peut-être que l'administration équitable, trouvant inique de faire payer uniformément 0,15 centimes d'affranchissement à une lettre du Raincy à Paris et à une lettre du Raincy à la frontière, les promène toutes les deux sur le chemin de fer, afin d'en donner aux contribuables pour leur argent.

Mon Dieu! cela est bien possible. En tout cas il est permis de conjecturer à l'aventure, en déraisonnant. Les résultats, les faits seront toujours au moins aussi insensés que toutes les hypothèses, à l'égard de certaines pratiques de notre administration... Et s'il est vrai que l'Europe nous l'envie, elle ferait bien de nous la prendre.

Une nouvelle délimitation du territoire départemental.

Cette réforme n'est pas seulement nécessaire, elle est indispensable.

Mais elle semble si vaste, si étendue, va-t-on dire, qu'il se passera du temps avant qu'elle ne soit prise en considération.

Je n'en disconviens pas. Quand un projet est bon, on ne doit pas se laisser décourager par son importance, il faut d'autant plus s'acharner à le faire entrer dans le domaine des faits accomplis. Tôt ou tard si elle est féconde, l'idée germe : le bon sens et la raison publique l'entretiennent en état d'éclosion ; et un beau jour l'œuvre est faite.

Ceux qui ont demandé et obtenu la création d'un nouveau canton, ont rendu à leurs concitoyens un service immense : on ne saurait trop le dire, ou leur témoigner assez de reconnaissance. Toutefois, que pensait-on, il y a quinze ans, d'une telle entreprise ? Je gage que pour beaucoup elle semblait bien téméraire ; elle apparaissait comme un de ces beaux rêves dont on berce l'imagination, et dont la réalisation est impossible, avant une époque qui est le secret de l'avenir.

Eh bien ! grâce à quelques hommes de cœur et de ténacité généreuse, nous avons eu, nous avons le canton.

Quand aurons-nous l'arrondissement ? Il nous le faut, on nous le doit. Mettons-nous en campagne pour l'obtenir.

Je ne parle point, qu'on le croie bien, dans

l'intention de flatter l'amour-propre local, d'éveiller un sentiment de vanité cantonale quelconque ; j'émets l'idée au nom des intérêts généraux les plus sérieux.

Les arguments mis en avant pour la création d'un canton conservent toute leur valeur, dès qu'il s'agit du dédoublement de notre arrondissement. Je défie qui que ce soit de soutenir la thèse contraire.

L'immobilité absolue, le maintien rigoureux du fait existant ne sont pas de ce monde ; ce sont choses contre nature. Le progrès pousse l'homme, moins vite que les administrations, hélas ! mais il pousse toujours.

Une bonne organisation d'il y a cinquante ans est défectueuse en tous points aujourd'hui.

La délimitation des départements était faite avant l'invention des chemins de fer qui ont tout bouleversé, en changeant les mœurs, les habitudes, en facilitant les communications, en créant d'autres centres, en faisant naître des communes et surgir des villes.

La carte de Seine-et-Oise est dessinée de la façon la plus bizarre qui soit : c'est un enchevêtrement de communes des plus compliqués.

La gare du Raincy est sur Villemomble qui appartient au département de la Seine, et pénètre dans le Raincy, comme une intruse ; tout cela, sans que l'on sache pourquoi, comme si le hasard ou la fantaisie avait fixé la démarcation.

La salle de théâtre du Casino du Raincy est située sur le territoire de la Seine et paye, en raison d'un écart de quelques mètres, des redevances au service municipal de l'Assistance publique à Paris.

Qu'un indigent tombe mort en travers du boulevard, sur la ligne même de division des deux départements : « Prenez votre cadavre, il est à vous, dira la Seine.

— Nullement, gardez-le, répondra Seine-et-Oise, la tête et les épaules dépassaient de votre côté. »

Nous, les habitants de Seine-et-Oise, limitrophes de Seine-et-Marne, à quels tracas ne sommes-nous pas condamnés ? Pendant que les bienheureux contribuables de Chelles montent en chemin de fer à leur porte, et se rendent en 40 minutes à Meaux, leur sous-préfecture, nous, nous sommes obligés de gagner Paris, de prendre, en des gares différentes, deux trains qui ne correspondent pas naturellement, et de passer deux heures en wagon pour arriver à Pontoise qui nous est désigné comme chef-lieu d'arrondissement !

On comprend combien un tel éloignement est favorable aux affaires, de quelle façon il facilite les communications et les déplacements qui, par eux-mêmes déjà, n'ont rien de précisément agréable.

Quant à l'action du pouvoir judiciaire, elle souffre singulièrement de cet état de choses, elle en est ralentie et souvent entravée.

A ce point de vue, la question est trop grave pour que je n'y revienne pas avant de la traiter sous d'autres faces encore.

L'affaire en vaut la peine, car pour les habitants de notre canton du Raincy, il est ridicule, non pas de revenir de Pontoise, mais d'être obligés d'y aller.

De l'action judiciaire dans le département.

I

Quand [*], il y a huit jours, ici même, je réclamais une nouvelle délimitation du territoire départemental, quand j'écrivais :

... « L'action du pouvoir. judiciaire souffre » singulièrement de l'état de choses actuel : elle » en est ralentie et souvent entravée... »

J'étais loin de m'attendre, en vérité, qu'un crime épouvantable viendrait donner tant de force à mes arguments et à la thèse que je soutenais une si impressionnante actualité.

Le préfet de l'Eure quitte Paris en première classe pour se rendre à Evreux par le train de 6 h. 55 du soir. Avant d'arriver à Maisons-Laffitte, il est assassiné et son corps jeté sur la voie. Personne ne s'est douté de ce qui se passait : on n'a rien vu, rien entendu. Si le meurtrier avait réussi à jeter dans la Seine le corps du délit (ou pour mieux dire, le cadavre du crime), les hypothèses iraient leur train sur l'inexplicable disparition du préfet de l'Eure.

Voilà, soit dit en passant, pour la sécurité que nous offrent les Compagnies de chemins de fer. Niera-t-on maintenant la raison d'être de la *Société mutuelle de protection* contre ces Compa-

---

(*) Ce chapitre, celui qui précède, et celui qui suit, ont paru dans l'*Echo du Raincy,* les 17, 24 et 31 janvier 1886. Le premier est donc antérieur à l'assassinat du préfet de l'Eure. Je leur conserve la forme qu'ils avaient dans le journal pour mieux établir les dates qui ont ici leur importance.

gnies ? La protection ! qui, dans ces circonstances, en a plus besoin que les voyageurs ?

Mais retournons au fait : le corps mutilé est trouvé gisant dans le froid et l'isolement de la nuit ; on le transporte à la gare voisine ; tout soin est inutile, le décès est constaté. Le meurtre suppose un meurtrier. Où est-il ? C'est vrai, il faut y penser. On prévient la police qui, avec cette admirable régularité administrative et hiérarchique, transmet la nouvelle à qui de droit. Maisons-Laffitte est Seine-et-Oise ; il faut s'adresser à Versailles ; et alors, dix-huit heures après le coup de revolver, l'instruction commence. Dix-huit heures, pendant lesquelles l'assassin a tranquillement pris le large ! Dix-huit heures ! et nous avons le télégraphe et le téléphone !

Toute la presse en chœur a protesté contre ces retards inqualifiables. L'opinion publique s'est émue d'une organisation judiciaire si défectueuse. A l'étonnement a succédé l'indignation.

L'assassinat de **M. Barrême**, écrit **M. Mermeix** de *la France*, nous a fait découvrir les beautés de l'organisation de la police en province ; le préfet de l'Eure a été tué à sept heures du soir, on a trouvé son cadavre sur la voie ferrée trois heures après, et c'est seulement le lendemain, à deux heures de l'après-midi, que les magistrats du parquet de Versailles sont arrivés. Avant les magistrats, un commissaire de police avait regardé le corps mort, puis un officier de gendarmerie s'était abandonné à la même contemplation. Mais ni le commissaire ni le gendarme n'avaient pu commencer l'enquête, parce que ni l'un ni l'autre n'avaient des agents, et ensuite parce qu'un commissaire de police n'a pas le droit d'aller faire des contestations hors de son canton, s'il n'en a pas été requis par un juge du parquet.

Le *Matin* s'écrie :

Voilà un crime qui a été commis à sept heures du soir, dont on a eu connaissance trois heures après à Maisons-Laffitte, et le lendemain, à dix heures du matin, la justice n'avait pas encore donné signe de vie.

Le *Temps* donne la vraie cause de cette incroyable incurie, et je prie qu'on se souvienne, en lisant cet entrefilet, de mes réclamations précédentes au sujet de notre service des Postes et Télégraphes.

Lorsque la nouvelle du crime parvint au chef de gare de Maisons, celui-ci avisa immédiatement le brigadier de gendarmerie. Le bureau télégraphique de Maisons-Laffitte n'est pas relié directement au bureau de Versailles ; les dépêches doivent être transmises à Achères, d'Achères à Paris, et c'est le bureau de Paris qui les réexpédie à Versailles.

Le brigadier de gendarmerie aurait dû requérir la receveuse du télégraphe et expédier immédiatement une dépêche annonçant le crime. Il ne l'a pas fait parce que le bureau du télégraphe était fermé et qu'il ignorait qu'il eût le droit de requérir la receveuse.

Tout cela est très bien : cet unanime mouvement de réprobation est légitime. Mais savez-vous à quoi je songe ?

C'est qu'il a fallu que la personne assassinée dans le train de Maisons-Laffitte fût un préfet, pour décider une révolte de l'opinion.

En doute-t-on ? eh bien ! et le crime de Gagny ?

La police a-t-elle agi plus rapidement ? L'instruction a-t-elle commencé plus tôt ? A quelle heure les autorités judiciaires sont-elles arrivées sur le lieu du crime ? Certes, la municipalité a fait son devoir avec une sollicitude empressée :

il n'y a qu'à la féliciter de sa promptitude ; mais elle a dû requérir les magistrats de Pontoise ! Et les lenteurs ont été les mêmes pour mettre en branle la machine judiciaire.

Je voulais parler aujourd'hui, comme suite naturelle de mon dernier article, de ce crime de Gagny, montrer par là combien il est déplorable que le Raincy soit justiciable de Pontoise. L'assassinat de Maisons-Laffitte, survenu dans l'intervalle, me dispense presque de développer des considérations qui, en quelques jours sont devenues des lieux communs tant elles se sont imposées à l'esprit de tous, sous l'influence d'un émoi poignant.

J'ai bien peur qu'on ne mette jamais la main sur le meurtrier du pauvre préfet Barrême, mais il est certain que les assassins de Gagny ne sont pas à l'heure actuelle à la disposition de la justice (1).

Et notez qu'on ne parle presque plus de cette affaire, elle est devenue de l'histoire ancienne : elle a bien un peu impressionné sur le moment, mais ce n'était qu'un fait-divers local ; le misérable tué dans un bois n'était pas un personnage ; sa mort a servi à quelques reporters à faire de la copie. Voilà tout.

Je le demande, un seul journaliste a-t-il signalé les retards de l'enquête, a-t-il fait valoir

---

(1) *Je demande la permission de faire observer que personne ne parle plus à l'heure actuelle du crime de Maisons-Laffitte, ni du crime de Gagny. Cependant les assassins n'ont as été arrêtés. Depuis plus de six mois, ils vivent bien tranquilles. La réforme que je demande, s'impose donc plus que jamais.*

qu'ils provenaient de l'éloignement entre le lieu du crime et le siège de l'autorité judiciaire?

Eh bien! il faut profiter du grand retentissement qu'a en ce moment le drame de Maisons-Laffitte, — et qui, soyez-en sûrs, s'éteindra bientôt dans le silence et l'oubli, étant donnée notre mobilité d'humeur, — pour crier à nos mandataires, à nos représentants, sénateurs ou députés :

« La centralisation à outrance qui sévit sur
» nous est la sauvegarde des assassins! Une
» justice qui n'est pas prompte est une justice
» mauvaise. Un juge d'instruction contraint
» d'accourir de Pontoise au Raincy, même s'il
» fait diligence, arrivera toujours trop tard.
» Assignez-nous un tribunal qui soit près de
» nous! et si la topographie de Seine-et-Oise est
» mal faite, refaites-là : vous aurez ainsi mieux
» mérité de la République qu'en lançant du haut
» de la tribune de belles phrases sonores! C'est
» là un devoir social que vous avez à remplir. »

Toutes les théories du monde ne valent pas la réalité saisissante d'un fait.

J'avais demandé déjà qu'on mît à notre disposition un service des Postes et Télégraphes plus régulier et plus prompt; qu'on délimitât autrement le territoire départemental dont la distribution n'était plus en rapport avec les exigences de nos intérêts nouveaux.

Quelques-uns ont pu me traiter de mécontent, d'esprit chagrin, de réformateur de parti pris.

Or, le crime de Maisons-Laffitte a mis en lumière et démontre : 1° qu'on était exposé à être assassiné dans un wagon de première classe, aux environs de Paris, plus facilement et plus sûrement que dans l'ancienne forêt de Bondy ; 2° que le télégraphe faisait aussi mal son office pour les administrations que pour les particuliers ; 3° que l'action judiciaire ne pouvait s'exercer que d'une façon dérisoire, puisqu'elle laissait à l'assassin tout le temps nécessaire pour s'échapper.

Dans le prochain chapitre je prouverai que l'organisation actuelle est, en outre, tout aussi favorable au voleur que vexatoire pour le volé.

De l'action judiciaire dans le département.

II

Si les retards de cette action judiciaire qui s'exerce à longue distance et nous vient de Pontoise sont désastreux pour les instructions criminelles, il faut bien reconnaître que l'éloignement du tribunal est, pour les affaires correctionnelles ou civiles, une source d'ennuis et de préjudices graves.

Dans le premier cas, s'il y a meurtre, comme le malheureux assassiné est désormais à l'abri de toutes les vexations, ce sont les magistrats, obligés de se déplacer, qui pâtissent.

Dans le second, s'il n'y a que vol, force est au volé de promener son malheur en chemin de fer et d'aller compter son histoire à Pontoise.

Si bien que, dans l'une et l'autre circonstance.

ce sont précisément les innocents qui sont les victimes.

On me soustrait mon mouchoir dans une commune quelconque du canton — (notez que prudemment je m'abstiens de prendre un nom comme exemple, pour ne pas laisser croire que ces choses-là puissent se passer chez nous dans un endroit plutôt que dans un autre). — Le mouchoir en question vaut trente sous, je suppose. Il me faudra dépenser cinq ou six fois autant, rien qu'en frais de billets de chemins de fer, pour répondre aux questions du président du tribunal et assister à la condamnation de mon voleur. En outre, j'aurai perdu toute ma journée, et probablement je ne rentrerai pas en possession de mon bien.

Avouez que si ce n'était pas par respect pour la justice, la tentation serait grande de ne rien dire, d'aller philosophiquement prendre un autre mouchoir dans l'armoire, préférant la contrariété d'avoir une douzaine dépareillée à l'ennui de dépenser en pure perte une somme d'argent moyennant laquelle je pourrais acheter une douzaine toute neuve.

Une des réformes les plus désirables qui soient, qu'il faut réclamer ardemment et qui sera l'honneur de l'époque qui la réalisera, est la gratuité de la justice.

Mais avant d'obtenir qu'elle ne coûte rien, il est logique de travailler à réduire, dans la mesure du possible, les frais qu'elle entraîne.

Or, il est certain que l'organisation actuelle est la cause d'un surcroît de dépenses.

Je prends un exemple. Supposez que deux procès absolument identiques, de même nature, reposant sur des faits strictement semblables, soient faits en même temps, l'un au Raincy, l'autre à Villemomble. Admettez que le tribunal de Paris juge comme le tribunal de Pontoise, et que les deux condamnations ne diffèrent en quoi que ce soit.

Il serait naturel de penser que les deux perdants du procès auront à acquitter la même somme.

Eh bien, non ! l'habitant du Raincy condamné aux dépens devra payer davantage, notamment s'il a appelé des témoins.

Le procès est-il de médiocre importance ? S'agit-il d'une soixantaine de francs ? peu importe. La condamnation aux dépens obligera l'infortuné plaideur à payer tous les frais de déplacement des témoins, du Raincy à Paris, et de Paris à Pontoise, tandis que le justiciable de Villemomble en sera quitte à moitié prix.

Allez, après cela, nous parler d'une justice égale pour tous !

Croit-on que cette perspective d'un double voyage facilite ou encourage les témoignages ?

Le gain d'un procès, le jugement d'une cause quelconque, dépendent souvent d'un fait en apparence sans importance, d'un mot prononcé en l'air, qui dans la reconstitution de l'affaire prennent une gravité décisive. Celui qui aura vu le fait, qui aura entendu le mot insignifiant à son point de vue personnel, sera très disposé à ne rien dire, et à penser :

« Courir à Pontoise ! merci bien, je n'ai pas le temps moi, j'ai autre chose à faire. »

D'autant plus qu'il n'est pas assuré si son témoignage est réclamé, qu'il n'ira pas à Pontoise pour s'entendre dire très gravement ou d'un ton délibéré : « L'affaire est remise à huitaine, » et cela plusieurs fois de suite.

Pour toutes les affaires où l'intervention du tribunal est imposée et n'est en quelque sorte qu'une formalité judiciaire: homologation, ventes, contrats où il y a des mineurs, etc., de quels retards la distance à parcourir pour arriver à Pontoise n'est-elle pas la cause!

Les officiers ministériels, les notaires comme les avoués, le savent bien. Ils s'en plaignent, mais s'ils s'en plaignent doucement, c'est, — soit dit entre nous — parce qu'ils trouvent dans cet état de choses des prétextes et des excuses pour leurs lenteurs personnelles. L'homme n'est pas parfait, quand même il est notaire ; et il est si facile de répondre au client : « L'affaire traîne en longueur, que voulez-vous? pensez donc, il a fallu envoyer les pièces à Pontoise! »

Il faut avouer que l'explication peut être plausible et que la défaite n'est pas sans valeur.

Tout cela est défectueux. Mais, que faire, dira-t-on? Nous causerons de la solution dans le prochain chapitre. Elle est radicale oui, radicale vous entendez bien. Qu'on se le dise !

Des circonscriptions administratives du département.

Il est bien avéré qu'il est absolument préjudiciable aux affaires d'avoir à Pontoise notre chef-lieu d'arrondissement. Je l'ai prouvé par maints exemples, et quand même je ne l'eusse pas fait, le bon sens aurait suffi à l'établir.

« Mais que faire ? va-t-on dire. On n'obtiendra pas mieux ou ce serait si long ! »

Je reconnais bien là l'esprit français, l'esprit de ce peuple qu'on dit difficile à gouverner, mais qui, au fond, est le plus patient, le plus philosophe qui soit. Il se contente de se plaindre, parfois il hasarde une réclamation, mais faut-il faire des démarches, dépenser de l'activité, se mettre en mouvement, il n'y a plus personne, chacun attend que son voisin se dérange et se mette en campagne. De plus, un mot bienveillant console le plaignant, une goutte d'eau bénite administrative lancée sur lui fait épanouir sa bonne humeur ; il s'en va satisfait, tenant dans sa naïveté une promesse très vague comme le commencement du fait accompli.

« Mon cher, j'ai vu le préfet ; il a été charmant, je lui ai exposé la situation, il m'a promis qu'il ferait son possible, qu'il allait étudier la question ; je crois que l'affaire est dans le sac ; il n'y a plus qu'à attendre ! »

Et c'est ainsi que des réformes continuent à être demandées, qu'on continue à les promettre, et que nous continuons à ne pas les avoir.

Pour la question qui nous occupe, il ne faut pas se faire des illusions ; il y a tant d'intérêts en jeu, tant d'administrations à mettre en branle, tant de fonctionnaires à faire agir. tant de bonnes volontés à rallier; il y aura tant de papier à noircir, qu'il coulera bien de l'eau sous les ponts et de l'encre sur les rapports officiels avant que nous ayons la solution.

Peu importe : commençons toujours.

« Mais enfin que faut-il faire ? Indiquer le remède n'est rien; c'est l'obtenir qui est tout. »

La délimitation du département, telle qu'elle est, est défectueuse, arbitraire, absurde ; elle ne répond plus aux intérêts généraux, qui se composent en somme de la masse des intérêts particuliers.

Il faut entièrement refaire cette délimitation.

L'entreprise est considérable? Ne sont-ils pas considérables les préjudices dont nous souffrons ?

Les confins du département de la Seine sont tracés au hasard, sans rime ni raison : il faut leur donner une démarcation logique, régulière, en prenant des points de repère rationnels.

Pourquoi, par exemple, ne déciderait-on pas que la ligne des forts des environs de Paris serait la ligne d'enceinte du département de la Seine ? Certaines communes s'en trouveraient distraites, d'autres y rentreraient.

Seine-et-Oise, on le sait, entoure la Seine comme un immense anneau, mais de forme tortueuse, étranglé, mince d'un côté, rebondi de l'autre.

Il faudrait diviser cet anneau perpendiculairement, autour de la circonférence, en parties à peu près égales, et chacun de ces rayons serait un arrondissement. Les cantons y trouveraient ieurs avantages. Dans la répartition nouvelle, des arrondissements pourraient être créés ; et nous, citoyens du canton du Raincy, qui sommes les plus éloignés du chef-lieu du département, on pourrait bien nous faire l'honneur, ainsi que je l'ai déjà réclamé, de nous faire bénéficier d'une de ces créations-là.

Il est clair qu'en ce moment, je ne livre ici que l'idée : l'application appartient à d'autres, aux hommes spéciaux ; j'ai d'autant plus confiance dans leurs lumières que, ils auront beau faire, le résultat de leurs travaux sera toujours préférable cent fois à la situation actuelle.

Nous ne pourrons jamais raisonnablement être envoyés plus loin pour nous faire rendre la justice, pour rencontrer notre administration, pour obtenir le règlement de nos affaires contentieuses.

Voulez-vous organiser un meeting, des réunions publiques pour étudier la question ? Veut-on lancer une pétition qu'on chargerait nos députés de remettre sur le bureau de la Chambre ?

Qu'on s'y prenne comme on voudra, mais qu'on agisse.

De deux choses l'une : l'idée est bonne ou mauvaise ; dans le dernier cas, n'en parlons plus ; mais si elle paraît bonne, il faut se multiplier pour la faire réussir.

Quand la Bastille se dressait sous le ciel formidable, énorme, toute noire, avec ses tourelles et ses créneaux, debout dans sa maçonnerie colossale, nos grands-pères auraient bien pu dire, les mains dans leurs poches :

« Oh ! ce gros bâtiment-là est trop solide ;

on ne pourra pas le démolir ; rentrons chez nous. »

La Bastille serait encore là, mais le vent de la volonté populaire a passé, qui l'a fait tomber comme une feuille.

La délimitation actuelle du département est une bastille administrative à supprimer. Heureusement que nous n'aurons pas besoin de tirer le canon et de faire couler le sang. Nous ébranlerons la machine à force de persévérance, de visites, de démarches.

Prenons nos chapeaux et allons secouer la sonnette de nos fonctionnaires et de nos représentants.

Un lycée cantonal.

J'ai réclamé avec instances la création d'un hopital cantonal ; aujourd'hui je demande un lycée pour notre région.

L'enseignement secondaire a grand besoin d'être décentralisé en France ; autrement la loi sur l'instruction ne sera pas complète, elle ne donnera pas les résultats féconds qu'on est en droit d'en attendre.

L'enseignement primaire est obligatoire : c'est là une chose excellente, le plus beau titre de gloire pour la République ; ce sera, n'en doutez pas, l'honneur de notre siècle ; mais, dans sa sagesse, le législateur n'a imposé l'obligation que pour les premiers degrés de l'instruction : en décider autrement eût été folie et eût porté gravement atteinte à l'agriculture, au commerce, à l'industrie, ces forces vives du pays.

Toutefois, si l'enseignement secondaire n'est que facultatif, s'il est laissé à la volonté des parents, encore convient-il de mettre ceux-ci à même d'en faire profiter leurs enfants.

Je sais bien que nous avons, au Raincy et à Neuilly, par exemple, d'excellentes maisons d'éducation ; mais des établissements de ce genre existent à Paris et à Versailles, et ces deux villes sont également pourvues de lycées.

« Il y a déjà un lycée à Versailles, chef-lieu de Seine-et-Oise, cela ne suffit-il pas ? » m'a-t-on répondu un jour.

Cette réplique m'a fait songer à ce provincial qui, apprenant qu'un de ses amis partait pour Paris, lui dit : « Pourriez-vous vous charger de remettre cette lettre chez un tel ? Je ne sais pas où il demeure, mais il habite Paris, vous demanderez son adresse à un passant. »

Le Raincy et Versailles sont l'un et l'autre en Seine-et-Oise, je n'en disconviens pas, mais ils ne se touchent pas précisément, et pour franchir la distance qui les sépare, il faut passer par Paris ; or ce n'est pas là, on en conviendra, que les centres d'instruction sont le plus rares.

Combien de pères, habitant toute l'année le canton, ne se soucient guère d'envoyer leurs enfants loin d'eux, dans la capitale ou à Versailles, qui pour être toujours Seine-et-Oise, est plus éloigné encore ? Les uns s'y résignent à contre-cœur, faisant des sacrifices de toute manière, les autres s'arrêtent à une détermination décisive : ils s'abstiennent ; et voilà des enfants, qui eussent pu, plus tard, être des hommes remarquables, privés net des moyens de le devenir.

Cela est grave, qu'on y pense. Mes fonctions de délégué cantonal m'ont permis de voir de près des élèves d'une intelligence supérieure qui, après avoir, très brillamment et en premier rang, passé l'examen du certificat d'étude, avaient des visées sur l'école normale.

Leur position modeste les obligeait à concourir pour l'obtention d'une bourse ; pendant un an, au prix de gros sacrifices, leurs pères les envoyèrent à Versailles. Les épreuves du concours sont difficiles ; la première fois il y eut échec : on n'osa point recommencer une tentative qui, en étant très coûteuse, n'offrait que des chances de succès incertaines.

Si on avait eu dans la région un établissement d'État ouvert à nos jeunes gens, de tels faits ne se seraient pas produits.

Quand une population augmente, quand un canton nouveau, après l'avoir légitimement réclamée, a obtenu sa création, parce qu'elle était nécessaire, parce qu'elle s'imposait, il n'y a plus à se dérober aux conséquences de l'état de choses nouveau ; il faut pourvoir à la satisfaction, non seulement des intérêts matériels, mais encore des intérêts moraux.

Le malheur est qu'on se fait de l'idée de lycée une image effrayante au point de vue de la dépense. On se représente de suite un bâtiment immense, avec une administration en rapport... naturellement : un proviseur, un censeur, un cortège de professeurs et des flots d'élèves se pressant aux portes.

Pourquoi ne créerait-on pas des lycées qui seraient exactement appropriés aux besoins locaux? Il y a assez de grands lycées, pourquoi n'y en aurait-il pas tout simplement des petits? Le mérite de l'enseignement est indépendant, j'imagine, de l'importance du bâtiment.

Pour le plus grand nombre, l'instruction primaire est un but; pour quelques autres, elle n'est qu'un moyen. Mais ces quelques-uns-là ont droit à toute notre sollicitude: ils doivent nous être sacrés. Que chacun ait la voie ouverte! Tout homme peut prétendre à monter plus haut, toujours plus haut.

Ces ascensions-là sont non seulement la raison d'être d'une démocratie, elles sont sa force et sa puissance.

Un projet de bibliothèque cantonale.

Dans toute commune, il y a une mairie; dans toute mairie, il y a une bibliothèque; mais dans toute bibliothèque, y a-t-il des livres?

On en trouve plus ou moins, selon l'importance de la localité; et, en général, on peut dire que le nombre en est presque partout insuffisant.

Rien n'est plus facile à expliquer, à excuser même. Les bâtiments sont souvent trop restreints.

L'emplacement nécessaire n'a pas été prévu pour l'installation d'une bibliothèque. Puis, les livres coûtent cher. Bien qu'à aucune époque l'on n'ait fait des éditions à un aussi bon marché que maintenant, il est des ouvrages utiles, excellents, mais dont l'importance est telle que leur prix d'achat obérerait d'un coup les budgets disponibles.

Quand une petite commune est parvenue à réunir une centaine de volumes, le résultat est déjà intéressant. Mais, si peu nombreux que soient les lecteurs, chacun d'eux a-t-il épuisé la liste des livres mis à sa dispositiou, on ne peut véritablement pas trouver mauvais qu'il n'ait qu'une envie médiocre de recommencer toute la série de ses lectures.

Alors, la poussière descend tranquillement sur les rayons abandonnés, le catalogue ne se renouvelant pas.

Eh bien, c'est précisément dans l'intention de rendre possible, et sans grands frais, ce renouvellement des bibliothèques communales que j'écris ces lignes.

L'idée est-elle bonne? Je le crois, car la mise en pratique m'en a semblé aisée.

Je propose que les maires de nos dix communes s'entendent pour former ce que l'on pourrait appeler la *Commission de la Bibliothèque cantonale*.

Ils feraient voter par leurs conseils municipaux respectifs, au prorata de l'importance de leur commune, une somme quelconque destinée à acheter des livres.

Ces différentes sommes réunies, centralisées au

chef-lieu de canton, constitueraient les fonds nécessaires à composer la bibliothèque. (1)

Il est hors de doute que l'administration préfectorale, désireuse d'encourager un si bon exemple, aiderait soit par une souscription, soit par des dons en nature l'entreprise nouvelle, et que l'on rencontrerait un puissant auxiliaire chez M. l'Inspecteur d'académie, dont tout le monde apprécie la sollicitude éclairée et les qualités éminentes.

Une fois les volumes achetés par les soins de la Commission ou sous son contrôle, on les répar-

---

(1) J'ai soumis à M. l'Inspecteur d'académie et à M. l'Inspecteur primaire le projet de bibliothèque cantonale ; voici les réponses que j'ai eu l'honneur de recevoir :

DÉPARTEMENT
de
SEINE-ET-OISE
—✳—

CABINET
de
L'INSPECTEUR D'ACADÉMIE
—✳—

Versailles, le **2** mars 1886.

Académie de Paris.

Monsieur,

Avant de répondre à la lettre que vous m'avez fait l'honneur de m'écrire en m'envoyant votre article relatif à la création d'une bibliothèque cantonale, je tenais à connaître l'avis de M. le Préfet. Je viens de l'entretenir : il pense, comme moi, que votre idée est pratique et que votre projet peut être utile.

Je fais des vœux pour le succès.

Veuillez agréer, monsieur, l'expression de mes sentiments les plus distingués.

E. GODIN.

tirait *pour un an* dans chaque commune, en tenant compte non seulement de la part contributive, mais aussi du nombre de ses habitants.

Au bout d'un année, tous les livres reviendraient au point de départ, et ayant reçu une destination nouvelle, seraient expédiés dans d'autres localités.

Il serait ainsi établi comme un roulement entre les ouvrages divers. Ce serait pour ainsi dire une bibliothèque volante, dont bénéficieraient à tour

---

INSPECTION PRIMAIRE Gonesse, 17 avril 1886.

de

GONESSE

SEINE-ET-OISE

Monsieur le Président,

J'ai pris connaissance de votre projet de bibliothèque roulante ou circulante dans le canton du Raincy. Le nom importe peu, mais la chose me paraît bonne. Une installation de ce genre permettrait aux communes importantes d'avoir plus de livres à leur disposition, et aux plus petites de renouveler assez souvent leur fonds d'ouvrages de lecture, pour que la curiosité des lecteurs ne soit jamais entièrement satisfaite.

J'approuve fort cette idée et me mets entièrement à votre disposition si je puis vous être utile pour la faire réussir.

Veuillez agréer, monsieur le président, l'expression de mes sentiments tout dévoués.

L'Inspecteur primaire,

MAX-BOE.

A M. Roger Ballu, président de la délégation cantonale du Raincy.

de rôle nos concitoyens du canton, et ils seraient assurés, pendant une période de dix ans au moins, d'avoir entre leurs mains des livres nouveaux, qu'il ne leur aurait pas été donné de lire encore.

L'administration de cette bibliothèque, ainsi que je l'ai déjà dit, aurait son siège à la mairie du chef-lieu de canton. C'est là que s'effectueraient les prises en charge, que seraient déposés les reçus des municipalités, que retourneraient les volumes prêtés à chacune d'elles au bout du temps convenu.

L'avantage de ce système, outre sa grande simplicité, sera de faire passer, de la manière la moins dispendieuse qui soit, un grand nombre de livres sous les yeux d'un très grand nombre de lecteurs.

Cette pensée répond de plus à un besoin qui s'impose aujourd'hui.

L'école obligatoire représente une nécessité, un devoir social. Gratuite et par là même généreuse, elle se charge de l'instruction de l'enfant : rien de mieux. Mais l'éducation du citoyen, comment la parfaire, si ce n'est au moyen de la lecture ?

Le livre ! Notre admirable Victor Hugo, comparant l'œuvre imprimée, ce monument de la pensée humaine, avec Notre-Dame de Paris, la haute cathédrale, l'édifice en pierre, écrivit cette parole éloquente et concise comme une sentence sans appel :

« Ceci tuera cela. »

Il avait vu clair, le génie, dans le passé comme dans l'avenir.

Et en effet, quelle toute-puissance n'a pas cet assemblage de feuilles de papier noircies !

Il a renouvelé la société moderne, déraciné

des préjugés qu'on eût dit solides à jamais, et croyez-le bien, à notre époque de lumière : sa tâche commence.

Le livre n'est pas seulement le bon compagnon des heures solitaires, un instrument universel d'études; il est encore l'émancipateur qui pénètre partout.

Il fait le jugement sain, l'esprit élevé, il ouvre la pensée sur des horizons supérieurs.

Il sème les principes du droit, de la justice, du respect de la conscience d'autrui, et la récolte qu'il donne est la liberté de l'être pensant.

Ouvrons des bibliothèques.

***

L'assistance scolaire.

Un jour, on m'a communiqué une lettre qui m'a semblé si intéressante que je m'en suis emparé, avec la permission du destinataire, pour la livrer à la publicité, et la faire suivre de quelques observations.

La raison, on la devine : cette lettre contient une idée de réforme nécessaire.

La voici :

Neuilly-Plaisance, le 1er février 1886.
Monsieur le Directeur,

Permettez-moi je vous prie de soumettre à vos regards les lenteurs d'une de nos administrations,

L'Assistance publique en (Seine-et-Oise),

A propos de la loi sur l'enseignement obligatoire.

Je connais une famille plus que nécessiteuse composée du père de la mère et de trois enfants dont le plus jeune à sept ans, qui ne vont pas encore a l'école. Pourquoi?...

Le père sans travail depuis plusieurs mois déjà sortant d'être malade depuis six semaines, sans pouvoir quitter la chambre, la mère femme de journée travaillant la plus part du temps déhor.

Sort du logi depuis le matin sept heures jusqu'au soir dix et onze heure pour gagnée quoi ! Un franc vingt-cinq par jour et nourri, il reste donc à partager un fr. vingt-cinq entre quatre personnes, quand la mère à travailler, mais les jours ou elle manque de travail on manque de pain, on a bien suppléer depuis trop longtemps déjà au chômage, par tout ce qu'on a pu vendre du pauvre butin, mais depuis deux mois qu'il n'y a plus rien à pouvoir tirer partie, on vie tout de même et comment, un jour trop peux et quelques fois le lendemin rien...

Pauvre honteux, comme malheureusement il y en a de trop, n'ose rien demander.. Mais visités plusieurs fois depuis deux mois par le garde-appariteur, qui a promis d'en parler discrètement, de façon à ce que les enfants soyent au moins habiller pour pouvoir aller à l'Ecole.

Ils ont reçus il y a un mois, un bon de Charbons de deux francs, et encore le Charbonnier en profita-t-il pour vendre son chauffage quarante centimes plus cher que les aûtres.

Pour remédier à cet état de choses, que faut-il faire ? probablement (s'attendre) à aller en prison quelques jours pour ne pas envoyer ses enfants tout nud à l'Ecole.

P. S. — Si toutes fois, Monsieur le Directeur, ces renseignements vous semblent digne d'attention « jugez s'il vous plaît de ce qui vous reste à faire ».

Et dans cette attente, agréez l'expression de mes sentiments de reconnaissance.

E. M. V.,
à Neuilly-Plaisance (Seine-et-Oise).

Elle révèle bien des souffrances, cette lettre ; et, par le sentiment de pitié qui l'anime, elle est éloquente.

Elle raconte cet éternel drame de la misère auquel l'humanité assiste depuis sa naissance même, et dont elle n'a pu encore détourner les angoisses.

À ce point de vue, si les lignes qu'on vient de lire sont navrantes, elles ne nous apprennent rien, hélas ! que nous ne sachions déjà : c'est à-dire qu'il y a, qu'il y aura toujours autour de nous, des infortunes à secourir, et que les bureaux de bienfaisance même les plus riches, les plus rigoureusement administrés, comme doit l'être celui de Neuilly-sur-Marne, sont encore insuffisants en face des douleurs qui se présentent à nous.

Mais il y a à la fin de cette lettre une phrase qu'on ne saurait oublier ; je ne sais si l'auteur anonyme l'a écrite avec intention en terminant ; quoi qu'il en soit, elle m'a donné la sensation d'un coup de lancette.

Elle a réveillé et rendu aiguës des réflexions pénibles qui avaient plusieurs fois traversé mon esprit, mais que je regardais comme d'importance secondaire dans l'approbation sans réserves que je donnais à l'ensemble de la loi nouvelle sur l'instruction primaire.

« *Pour remédier à cet état de choses, que faut-il* » *faire ? Probablement s'attendre à aller en prison* » *quelques jours pour ne pas envoyer ses enfants* » *tout nus à l'école.* »

Que répondre à cela ? La question n'est-elle pas poignante ?

Je n'ai pas besoin, j'imagine, de le répéter ici. Je considère que la loi de l'enseignement obligatoire est une des plus généreuses pensées du siècle, qu'elle restera la meilleure gloire de la République. Mais toute loi, quelque excellente, quelque complète, quelque parfaite qu'elle soit, dans sa teneur générale comme dans ses articles particuliers, révèle, à l'heure de la mise à exécution, des lacunes à combler, des défauts de pratique à corriger.

Or, voici une réforme subsidiaire qui s'impose : mettre à même les enfants qui sont tenus obligatoirement d'aller à l'école, de s'y présenter décemment.

Lorsqu'un écolier arrive en classe avec de misérables vêtements, usés, mal rapiécés, serrés au cou pour cacher l'absence du linge, il dénonce le misérable état de son intérieur, la pauvreté lamentable de ses parents.

Et vous savez ce que sont les enfants : des bourreaux innocents et naïfs, qui parfois font bien du mal par leurs moqueries, leurs sous-entendus railleurs, leurs plaisanteries féroces lancées à voix haute dans un éclat de rire.

Alors, le petit déguenillé rougit de lui-même, de sa famille ; de mauvaises pensées lui viennent. Ce jeune être moral est froissé : cela est grave.

Prend-il au contraire son parti de ces dédains ? c'est que toute sensibilité s'émousse chez lui et qu'une froide indifférence a remplacé l'enthousiasme sacré des jeunes années.

Dans le premier cas, il est menacé de perdre le respect dû aux siens ; dans le second, la conscience de sa dignité.

L'alternative est déplorable.

Le soin de mettre la pratique de la loi sur l'instruction obligatoire à la portée de tous constitue donc un devoir, dans la plus large signification du mot.

Mais, je ne crains pas d'aller plus loin : il y a des cas où l'enfant ne doit pas seul attirer l'attention des réformateurs de bien ; les familles aussi méritent la sollicitude de ces derniers.

Je me souviens qu'il y a deux ans, à Noisy-le-Grand, faisant partie de la commission scolaire présidée par l'excellent M. Auger, le maire à cette époque, je vis arriver devant nous une femme à qui l'on demandait compte des absences de son petit garçon, qu'on n'avait pas vu à l'école plusieurs fois pendant le mois précédent.

« C'est vrai, répondit-elle, je l'ai gardé chez
» nous. J'ai trois enfants, mon homme est occupé
» aux champs toute la journée ; moi je travaille
» aussi, il faut bien gagner du pain. Ma petite
» était malade, je ne pouvais la mettre à l'asile.
» Je disais à mon garçon qui a sept ans de la
» garder quand j'avais besoin d'aller au lavoir.
» Fallait-il laisser la petite seule ? Oh ! messieurs,
» nous sommes si malheureux ! »

Le maire, avec une autorité toute paternelle, lui rappela les termes de la loi, lui enjoignit de s'arranger autrement, et l'engagea à ne plus recommencer.

Et nous étions tous si pleins de pitié, si émus par le récit de la pauvre femme, que nous nous empressâmes d'user d'indulgence.

Qui donc oserait soutenir que nous avons eu tort ?

Eh bien, je prétends qu'il faut à tout prix empêcher quiconque de souffrir par le fait de cette loi sur l'enseignement obligatoire, dont la mission est si haute.

On peut et on doit venir en aide par des subsides, soit en argent, soit en nature, aux écoliers malheureux ou à leurs parents.

Ce n'est pas tout d'avoir rendu l'école gratuite, quoique cela soit beaucoup déjà; nous devons aviser à ce que les bâtiments scolaires puissent s'ouvrir, sans que les enfants qui heureusement sont forcés d'y entrer, en sortent le front rouge, sans que ceux qui les envoient soient condamnés à des vexations cruelles, à des humiliations plus pénibles encore.

Je ne demande pas l'impossible, en vérité. Bien des lois, même rigoureuses, ont admis des tempéraments légitimes.

Est-ce que le fils aîné de toute veuve n'est pas dispensé du service militaire? La veuve peut être riche, n'importe. La loi maternelle et bienveillante, respectueuse de la douleur morale, n'a pas admis de distinction pour des cas particuliers.

Est-ce que le pauvre, à qui tout procès serait impossible, n'a pas, pour faire valoir son droit, l'Assistance judiciaire?

Demandons à nos législateurs d'étudier sans retard **une loi d'Assistance scolaire.**

C'est une question de charité sociale. Qu'ils ne l'oublient pas!

Des asiles de nuit communaux.

Il fait froid, il fait noir; c'est une de ces terribles nuits d'hiver où tout est silence, obscurité, frissons.

Un homme va devant lui, il a perdu sa route, mais il marche toujours; ses mains tendues sondent l'espace; on ne distingue rien à deux pas.

Il est harassé de fatigue; que faire? il ne peut cependant pas coucher sur la terre gelée. Enfin il aperçoit un mur : c'est une maison, la première d'un village.

Il frappe doucement, en timide. Pas de réponse. Il frappe plus fort : la porte reste close.

Il reprend son chemin. Une autre porte. Il sonne, il sonne plusieurs fois :

« Qui est là? crie du haut de la fenêtre la voix rogue d'un dormeur qui a quitté son lit chaud, et ne trouve pas agréable le froid du dehors.

— Je demande à coucher, s'il vous plaît.

— Passez votre chemin, est-ce que ça me regarde. »

Et la croisée brusquement fermée interrompt la phrase où l'on sent l'intonation du juron qui la termine.

L'homme est désespéré; plusieurs fois, il recommence sa tentative; l'accueil est le même partout.

Enfin, il se croit sauvé, il aperçoit une ferme; plein d'espoir, il hèle le garçon vacher qui couche dans l'étable.

« Impossible, mon vieux, lui crie celui-ci, le

patron ne veut plus ; l'autre nuit, des vagabonds ont mis comme ça le feu dans une ferme ; depuis, il a défendu pour toujours de recevoir quelqu'un la nuit. »

L'homme est transi, engourdi ; sous lui ses jambes flageolent, il se traîne quelques pas encore ; puis contre le vieux mur d'une masure en ruines, il se laisse tomber et s'endort, sans même avoir la force de penser que peut-être il ne se réveillera pas demain.

. . . . , ...

Bien que cet article commence ainsi qu'un roman, ce n'en est pas un que j'ai voulu faire ; j'ai raconté une scène qui ne se passe que trop souvent. Vous le savez bien, vous qui me lisez.

A notre époque où les temps sont durs, où pour trouver de l'ouvrage, il faut aller loin, entreprendre de longs voyages à pied, il n'est pas rare que la nuit surprenne le marcheur en pleins champs et le laisse sans gîte au milieu d'un village.

Il me semble que rien ne serait plus facile que de prendre des mesures efficaces afin d'assurer un logis pour la nuit à ces malheureux égarés.

On remplirait ainsi de la manière la plus simple du monde, sans frais comme sans ostentation, un devoir d'humanité

Chaque commune n'a qu'à se pourvoir d'un local quelconque, sur lequel serait écrit en grosses lettres : Asile de nuit.

Après avoir frappé à la maison d'un particulier, l'indigent recevrait au moins l'indication du toit hospitalier.

Il suffirait de faire ajuster par le menuisier de la localité quelques planches formant lit de camp.

Contre le mur seraient quelques bottes de foin ou de paille, que le voyageur attardé n'aurait qu'à délier et à jeter sur les planches.

Il trouverait disposés pour lui, chaque soir, par les soins du garde champêtre, une cruche d'eau et du pain.

Cette hospitalité, à coup sûr, ne serait pas luxueuse, ni même écossaise, comme on dit ; mais avec quelle joie ne serait-elle pas goûtée de ceux qui se sentent paralysés par la bise, étreints par la faim !

Ce serait la bienheureuse assurance de vivre, au sortir des craintes angoissantes de mourir dans la solitude et le froid.

Qu'on ne vienne pas objecter ici l'argument de la dépense.

Il n'y a pas de commune, dans notre canton, où l'on ne puisse trouver une pièce convenable pour cette destination. Il n'y a pas un fermier qui ne consente de grand cœur à prêter quelques bottes de son grenier. Il n'y a pas enfin de budget si pauvre qui ne puisse supporter la dépense d'un morceau de pain.

D'ailleurs, il faut l'espérer, la consommation ne serait pas quotidienne.

Quelques communes de Seine-et-Oise ont déjà donné un bel exemple en mettant en pratique ce système d'hospitalité de nuit, qui fonctionne partout sans encombre, là où il est appliqué.

Il est des esprits qui pensent qu'il pourrait être rendu obligatoire pour toutes les municipalités, par arrêté préfectoral. Mais ceux qui, comme moi, sont partisans de l'expansion de l'initiative communale, estimeront que, pour le moment du moins, l'obligation est superflue.

Toutes les communes, sans distinction, tiendront à honneur de réaliser cette réforme et de pourvoir à cette création.

En dépit des sceptiques, la fraternité n'est pas un vain mot.

La Compagnie de l'Est

Les habitants de notre canton du Raincy ont des rapports constants avec la Compagnie des chemins de l'Est; chaque jour voit de nouvelles réclamations surgir. Si les wagons pouvaient répéter les conversations, les plaintes des voyageurs pendant le parcours, MM. les administrateurs en entendraient de belles !

On prétend que la Compagnie de l'Est est, de toutes les compagnies françaises, celle qui a le moins souci du voyageur, qui s'occupe le moins de son bien-être, de sa sécurité; on affirme que, dans le sens rude et exclusif du mot, c'est aussi celle qui *exploite* le plus. Individus ou colis, elle les transporte les uns et les autres : voilà tout. On n'a peut-être pas tout à fait tort.

Si j'en parle à mon tour, je n'ai pas l'intention de résumer en une fois tous les griefs que l'administration de la Compagnie a rendus légitimes: il serait trop long, le réquisitoire; l'énumération fatiguerait : je veux aujourd'hui concentrer l'attention de nos compatriotes sur un point spécial, qui, aux approches de l'hiver, deviendra d'une saisissante actualité.

Quand, je le demande, la Compagnie des chemins de fer de l'Est se décidera-t-elle à chauffer pour les trains de banlieue les voitures de seconde et troisième classe? Les voyageurs des premières ne sont pas d'un tempérament plus susceptible, d'une nature plus délicate que les autres. Ils payent plus cher, dira t-on? Là est l'argument qu'on invoque comme irréfutable. J'avoue qu'il me semble tout simplement odieux ; car il cache une spéculation vilaine, tentée sur la santé publique.

« Depensez plus, semble dire la Compagnie, ou sinon attrapez à votre aise, des rhumes, des bronchites et des fluxions de poitrine. » Mais bien des ménages qui habitent par raison d'économie les environs de Paris pendant l'hiver, ne peuvent pas augmenter leurs frais de voyage ; et les femmes, les enfants, les collégiens qui vont à Paris de grand matin et en reviennent à la nuit noire, auront les pieds gelés, parce que la Compagnie parcimonieuse dédaigne ce vil fretin de voyageurs qui n'a pas de quoi monter en premières !

Si c'est affaire de prix, on peut remarquer qu'il est au moins injuste de ne pas établir de différence entre les secondes et les troisièmes. On pourrait mettre de l'eau bouillante dans les wagons de premières, de l'eau tiède dans les secondes, et rien du tout dans les troisièmes. Je ne désespère pas que ce système intelligent ne soit adopté un beau jour par l'aimable Compagnie.

Remarquez cependant que, dans les trains de

grand parcours, on consent à placer des chauffoirs sous les pieds des voyageurs de seconde classe. Pourquoi faire exception quant à la banlieue? D'un côté la dépense serait moins grande, et de l'autre, il est ridicule de présumer que, dans ce délai d'une heure, on n'a pas le temps de ressentir le froid et d'en souffrir.

La querelle est ancienne, je ne fais ici que renouveler une réclamation qui, aussitôt soulevée, aurait dû être prise en considération. Et cependant elle a ému, tant elle était juste, l'Administration supérieure. L'année dernière, au mois de mai, une circulaire ministérielle rappelant une circulaire précédente datée de 1879 (!) invitait les Compagnies à prendre des mesures urgentes pour donner satisfaction aux demandes du public.

« Je me plais donc à penser, disait en terminant le Ministre des travaux publics, que dès l'ouverture du prochain service d'hiver, vous réaliserez une amélioration depuis si longtemps attendue en appliquant le chauffage d'une manière générale dans toutes les voitures, sans limitation de parcours et sur toutes les lignes, y compris bien entendu celles de la banlieue de Paris. Je vous prie de me faire connaître le plus tôt possible les mesures que vous comptez prendre en suite de la présente lettre. »

Les mesures prises? on les connaît maintenant, elles ont consisté à ne faire rien du tout. La circulaire est restée lettre morte. C'est qu'une Compagnie comme la nôtre est une coalition d'inertie, une conjuration d'insouciances égoïstes, et une tyrannie d'autant plus insaisissable qu'elle est impersonnelle toujours, et qu'elle se déclare souvent irresponsable.

La *Société mutuelle de Protection contre les chemins de fer* a joué un très beau rôle dans cette affaire. Elle a lutté avec énergie et persévérance, elle s'est multipliée chaque fois — et l'occasion n'a pas été rare — que son dévouement a été nécessaire. Il faut que chacun lui prête son concours, car de Société à Compagnie, la partie est plus égale; elle pourra obtenir gain de cause là où un individu aura été éconduit comme un gêneur et est demeuré impuissant.

Le malheur est qu'en France nous ne savons pas nous organiser pour faire résistance. Tel tempête et fulmine dans son coin, qui restera tranquille chez lui alors qu'une action commune serait efficace et pourrait devenir triomphante.

Organisons des pétitions, provoquons des meetings comme en Angleterre, mais pour Dieu protestons! Que chacun ne se contente pas de maugréer dans sa barbe, ou de crier à un innocent employé qui passe : « C'est absurde, les wagons ne sont pas chauffés! » Unissons-nous, et résolument, sans colère et avec ténacité, obligeons ces Messieurs de la Compagnie de l'Est à supprimer une économie qui est plus qu'inique, qui est inhumaine.

Encore la Compagnie de l'Est.

La compagnie de l'Est persévérera, paraît-il, dans son mépris du confort et de l'hygiène publique. C'est en vain qu'on lui a demandé avec instances, le public par des pétitions, le Ministre des travaux publics par des circulaires, de chauffer pour les trains de banlieue les wagons de seconde et de troisième classe ; on n'a pu la fléchir.

Elle fait la superbe, la grande dame, la Compagnie. Elle a ses capitaux, ses actionnaires, son administration qui se laisse aller au petit train-train quotidien ; ses valeurs sont bonnes, ses revenus ne baissent pas ; qu'a-t-elle à s'occuper des mécontents et des gens qui se plaignent toujours ?

Ses employés assis à leur bureau devant un beau foyer de coke rouge qui les grille, vous expliquent avec conviction que le froid. pendant une heure ou deux, n'est pas une chose à craindre, et que la dépense serait trop forte pour le budget de la Compagnie, s'il fallait mettre des boules d'eau chaude dans toutes les classes. Voilà toute la morale de l'affaire.

Mais si une question d'humanité est impitoyablement écartée par la Compagnie, dès qu'il y a derrière une question de gros sous, peut-on espérer un meilleur sort pour une réclamation qui ne coûterait pas un centime ?

Je veux parler aujourd'hui de l'accès aux salles d'attente.

Qui n'a souffert de la rigueur avec laquelle

elles sont fermées au public, dans l'intervalle de deux trains ?

Vous manquez l'heure du départ d'une minute ou de deux — ce qui peut arriver au plus honnête homme du monde, — vous avez, je suppose, cinquante minutes à attendre un autre train.

Qu'allez-vous faire? Un homme peut aller au café, réfléchir aux inconvénients de l'inexactitude. Mais une femme entourée de paquets et d'enfants, n'a pas cette ressource; où ira-t-elle?

Il y a bien des salles dites d'attente, mais remarquez qu'à la Compagnie de l'Est, les salles d'attente sont précisément faites pour qu'on n'y attende pas.

Le gardien impitoyable renvoie la voyageuse ou le voyageur dans la grande salle des Pas-Perdus ouverte à tous les vents, traversée de courants d'air. Les bancs de bois sont remplis de colis malpropres, de ballots qui tachent, de paniers de poissons odorants. Ils servent d'asile souvent aux ivrognes ou aux vagabonds et c'est en cette compagnie, dans ce milieu, qu'on est condamné à expier ce retard qui devient ainsi doublement préjudiciable.

Le prétexte qu'allègue la Compagnie pour justifier cette mesure est celui-ci :

Comme il part souvent des trains pour des destinations différentes, trains omnibus ou express, les voyageurs pourraient se tromper et, dans leur hâte de partir, monter dans des wagons dirigés sur d'autres voies.

Cet argument n'est pas sérieux; mais j'y réponds d'un mot: Franchement, quand cessera-t-on de considérer les voyageurs comme des imbéciles ? Ceux qui se rendent à la gare de l'Est perdent-ils, dès qu'ils y arrivent, tout bon sens ?

Une pratique tout autre est suivie non seulement à l'étranger, en Angleterre, en Belgique, en Hollande, mais encore à la gare de Lyon, de l'Orléans et du Nord : elle ne donne que de très bons résultats. On pénètre dans les salles d'attente dès qu'on est muni de son billet, et on y peut confortablement expier son retard.

Mais je disais que l'argument donné par la Compagnie de l'Est n'était pas sérieux ; j'ajoute qu'il n'est pas précisément loyal, parce qu'il est volontairement erroné.

La Compagnie peut parfaitement, quand il lui conviendra, rendre impossible toute erreur des voyageurs. Les dispositions des locaux en font foi.

On n'a qu'à consulter le petit plan que j'ai relevé à cet effet, et on se convaincra que derrière les salles d'attente, où l'on parvient avec tant de peine, il y a, de l'autre côté du couloir, d'autres salles d'attente où l'on ne parvient pas du tout.

A quoi servent-elles ? Pourquoi ne pas les utiliser, les donner comme asile aux infortunés retardataires ?

On parquerait là — le mot sera approuvé par la Compagnie, — derrière la barrière en bois, les voyageurs, et cela sans crainte qu'ils ne s'échappent trop tôt. Ils seraient au moins assis et clos.

Qu'a-t-on à répondre à cette proposition ? Oui ou non, y a-t-il une autre série de salles qui restent toujours vides ?

Les employés, hasardera-t-on peut-être, auraient un contrôle trop difficile, qui leur donnerait du tourment sans profit pour la Compagnie?

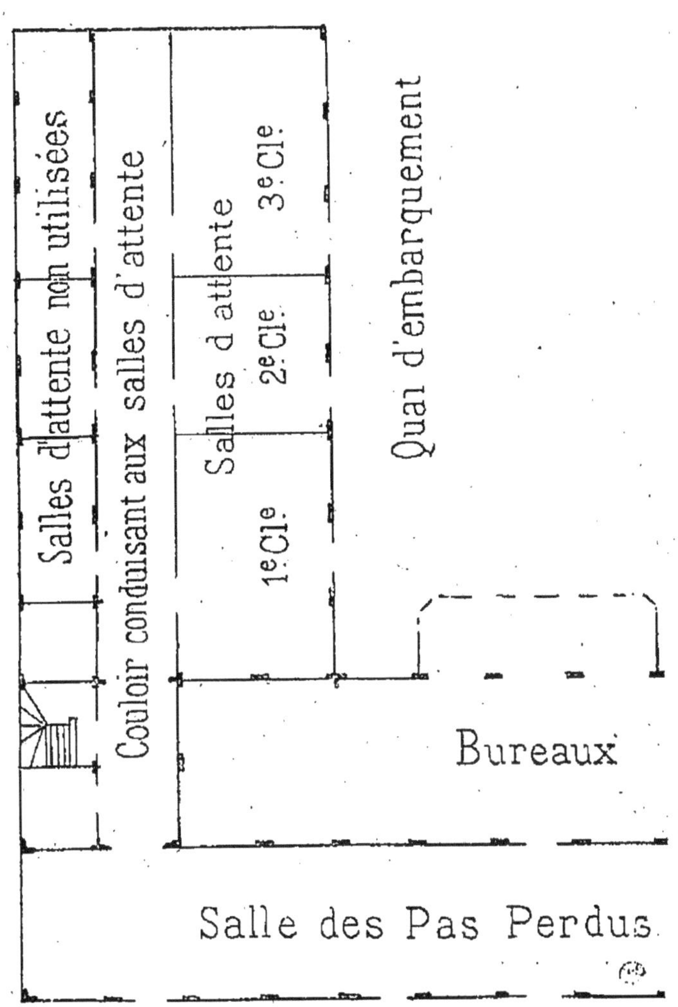

Allons donc! le voilà le mot de l'énigme : l'Administration est ménagère de la peine de ses surveillants, comme du combustible... pour le public.

Mais enfin, une fois pour toutes, il faudrait savoir si les employés sont faits pour les voyageurs, ou si ce sont les voyageurs qui sont faits pour les employés.

Madame la Compagnie.

Après avoir bien cherché, je crois avoir deviné pourquoi les réclamations, légitimes d'ailleurs, que j'ai précédemment formulées, n'ont pas été prises en considération par la Compagnie de l'Est.

La Compagnie est susceptible, dit-on, comme une vieille douairière très riche, retirée du monde, et qui n'aime pas qu'on vienne l'ennuyer, ou se plaindre à elle de la manière dont elle organise sa maison.

Si on veut avoir chance d'être écouté, il faut lui parler en faisant maintes révérences ou courbettes, et supporter avec patience les longues stations dans l'antichambre.

Or, j'avais élevé la voix, non pour solliciter une complaisance, mais pour revendiquer la sauvegarde d'un droit : on comprend si j'ai été bien reçu.

Aussi, vais-je changer de tactique : aujourd'hui j'aborde Madame la Compagnie les gants en main, la bouche en cœur, comme une princesse dans le salon de laquelle on va faire visite.

Comme entrée en matière et afin de me faire bien venir, je lui fais volontiers des compliments.

Histoire de l'amadouer pour obtenir ce que je vais lui demander. Je la félicite, par exemple, d'être si bienveillante, si maternelle, si empressée auprès des voyageurs, de prévenir leurs besoins, de les entourer d'employés nombreux, actifs, aimables, de ne les écraser que rarement, de ne les faire assassiner jamais et de les secouer toujours pour entretenir la circulation du sang.

Je la loue du confortable, de la bonne disposition des abords de la gare, et enfin j'admire avec quelle générosité, quelle prodigalité elle enveloppe, dans tous les wagons, l'hiver, ses chers voyageurs de lumière et de chaleur.

Si ces félicitations, surtout la dernière, ne la rendent pas contente, je ne sais plus comment m'y prendre. Le boniment fait, et comme diplomatie n'est pas mensonge, je profite du moment où la Compagnie est de bonne humeur pour l'entretenir de ma requête.

La voici :

» Certes, nous avons par jour beaucoup de trains pour la banlieue, et qui marchent d'une vitesse à propos de laquelle tout le monde est d'accord.

» Mais, il n'y a pas de départ de Paris entre 6 h. 40 et 8 h. 45 du soir. Cet intervalle n'est-il pas bien long, Madame la Compagnie?

» Ne serait-il pas possible d'organiser un train pour 7 heures 25 par exemple (1)?

---

(1) Est-ce le hasard? Puis-je me vanter d'avoir, par cet article paru dans *l'Echo du Raincy*, touché le cœur de la Compagnie? Je ne sais. Toujours est-il qu'à partir du 1er juin 1886 nous avons pour le Raincy un semi-direct à 7 h. 35. Voilà ce que c'est que d'être poli, dira-t-on.

» Lorsque l'on est dans les affaires, il est difficile d'arrêter sa journée à minute fixe. Un client se présente chez vous à 6 h. 1/4 : on ne peut pas toujours le renvoyer en tirant sa montre. La demie sonne, vous n'avez plus de train pour retourner au Raincy ou à Gagny, et vous voilà obligé de dîner à Paris. Ce qui est un désagrément, et entraîne une dépense inutile.

» Il est bien évident que c'est à la fin du jour, à l'heure où chacun rentre chez soi, qu'une grande affluence de trains est nécessaire; et remarquez que c'est précisément alors que les délais sont les plus longs entre les départs.

» Le soin de votre intérêt même, Madame la Compagnie (quoique je sache bien que vous ne vous occupez que de ceux de vos voyageurs), vous conseille de prendre cette mesure, qui est sollicitée par tous. Car il est prouvé par l'expérience que le nombre des voyageurs augmente en raison directe de la commodité des transports.

» Voyons, un bon mouvement, concédez-nous des trains supplémentaires pour nous permettre de rentrer dîner dans nos familles !

» Puis, il est une autre affaire sur laquelle nous appelons votre attention, que nous signalons à votre sollicitude si connue.

» Ne trouvez-vous pas que la gare d'Est-Ceinture aurait besoin de quelques embellissements ? Ne pourrait-on pas substituer une salle d'attente à la cabane d'attente que nous avons ? Si le mot cabane vous froisse, je le retire. Il y a beaucoup de mouvement dans cette gare à l'heure actuelle. Voyez cela, je crois que la question vaut la peine d'être étudiée.

» Et alors, Madame la Compagnie, quand vous aurez fait droit à ces deux requêtes, quand par-dessus le marché vous nous aurez évité les courants d'air de la salle des Pas-Perdus à Paris et ces petites secousses des wagons que vous savez ; quand votre personnel si bienveillant sera augmenté, quand vous aurez élevé encore, si cela est possible toutefois, vos dépenses de combustible et d'éclairage dans les voitures des différentes classes, alors, oh ! alors, nous chanterons partout vos louanges, nous vous proclamerons la grande protectrice, la perfection des Compagnies, la mère des voyageurs, leur providence tutélaire !

» Nous irons processionnellement déposer à vos pieds des couronnes de fleurs et des sacs de bonbons au jour de l'an. Nous ne parlerons de vous que les larmes aux yeux...

» Et quant à moi, je donnerai ma démission de membre de la *Société de Protection mutuelle des voyageurs contre les chemins de fer*, et je fonderai, sûr du succès, convaincu de remplir un devoir de reconnaissance, *la Société de protection des chemins de fer contre les voyageurs !* »

Roger BALLU.

IMPRIMERIE CENTRALE DES CHEMINS DE FER. — IMPRIMERIE CHAIX, RUE BERGÈRE, 20, PARIS. — 15236-6.